رواية

رجل الغابة

شبح أخبرني بقصته

د.جمان الريحاني

إهداء

إهداء إلى كل مظلوم يبحث عن حقه

الحق يظهر وإن تأخر في الظهور

وصاحب الحق يأخذه ولو تغير الزمان والمكان

إهداء إلى كل روح معلقة لها أمل بإيجاد السلام

إهداء إلى كل إنسان يسعى لتحقيق العدالة حتى ولو كانت
في حق شخص غير موجود

إهداء إلى كل من يحب تقديم المساعدة حتى لشخص لا
يعرفه ولا تربطه به علاقة

إهداء إلى كل من يساعد غيره بدون عائد مادي

إهداء إلى كل من يساعد غيره من أجل المساعدة ومد يد
العون دون البحث عن الفائدة الشخصية

جمان الريحاني

قررت فيونا ايفانا أن تنتقل إلى مكان هادئ، وقررت أن تغير عملها الذي كان في شركة بناء، لم تكن فيونا ايفانا مهندسة معمارية ولكنها كانت خاصة بالترجمة في تلك الشركة الصينية الأمريكية.

وعندما قررت تغير مكان السكن من المدينة إلى مكان أكثر هدوء كان يجب أن تغير عملها لأن الأمر لم يكن ليصبح صائبا.

كان هناك أمرا اضطر فيونا ايفانا إلى تغيير مكان سكنها، لقد مللت من المدينة واكتظاظها ومن السرعة التي تمشي بها الأمور.

وفي يوم في شركة البناء وقع حادث مؤلم وسقط أحد الرجال من أحد الطوابق العالية ومات، ولكن الحادث وقع أمام عيني فيونا ايفانا التي رأت بأم عينها رأس ذلك الرجل يتهشم على الحجارة المكومة في الأسفل.

لم تكن مدة أسبوع كافية لكي تنسى فيونا تلك الحادثة التي علقت بذاكرتها، لذا وبعد أن استأنفت عملها ولم تستطع حتى دخول ذلك المكان ودون أن تبحث عن أي عمل آخر قدّمت استقالتها.

كانت فيونا فتاة جميلة تعيش لوحدها تبلغ من العمر ستة وثلاثون سنة وليست متزوجة ولا صديق لديها، لقد كانت حياتها العاطفية تمر بركود ما.

لم يكن لفيونا ايفانا عمل إلا الاعتناء بكلب جارها العجوز الذي كانت تهتم به خلال العطل وتخرج به في نزهات وهكذا.

لذا ولأنها لن تستطيع أن تدفع ثمن الإيجار قررت أن تغير كل حياتها، فبحثت عن عمل في منطقة تكون بعيدة عن هذه المدينة.

وجدت فيونا ايفانا الشابة الجميلة بالشعر البني والعيون العسلية عملا في بلدة تبعد عن المدينة حوالي الساعتين بالسيارة.

لقد كان العمل عند محام محترم يمتلك شركة مصغرة للمحاماة، يبحث عن مديرة مكتب، اتصلت فيونا ايفانا بالمكتب وحددت موعدا للمقابلة وحصلت عليه.

يوم الاثنين الساعة الخامسة صباحا استيقظت فيونا ايفانا بكل نشاط وحيوية، أخذت حماما وارتدت ملابس تليق بمقابلة عمل وشربت كوبا من القهوة لا غير وانطلقت بسيارتها الحمراء.

قادت فيونا ايفانا سيارتها على الطريق لمدة ساعة وخمس وعشرون دقيقة ثم توقفت في بلدة صغيرة لكي تملأ سيارتها بالوقود، ودخلت محلا لكي تشتري شيئا تأكله فوجدت على باب المحل إعلان لتأجير بيت أعجبها الإعلان لأن السعر كان رخيصا جدا مقارنة بما كانت تدفعه شهرا في الشقة التي تسكنها.

أخذت فيونا ايفانا عنوان البيت ورقم هاتف صاحبه، وقررت بأنه إذا ما تحصلت على الوظيفة سوف تستأجر هذا البيت.

انطلقت فيونا ايفانا من جديد لكي تكمل طريقها حتى وصلت إلى البلدة التي بها شركة المحاماة التي يمتلكها السيد كراوس، استقبلتها سكرتيرته ذات الأصول الأسيوية وطلبت منها الانتظار.

فقد وصلت فيونا ايفانا قبل موعد المقابلة بحوالي العشرون دقيقة لأنها لم تكن تريد أن تتأخر عن أول موعد مع السيد كراوس.

قدمت فيونا ايفانا أوراقها وسيرتها الذاتية إلى السيد كراوس الذي استقبلها حسن الاستقبال، وتكلمت عن ظروفها قليلا وعن سبب تقدمها للعمل هنا وإمكانية إقامتها غير بعيد من أجل أن تكون منضبطة في المواقيت.

بعد أن وافق السيد كراوس على عمل فيونا ايفانا وتوظيفها في مكتبه لكفاءتها وخبراتها التي قد تفوق العمل عنده حتى ولكنها كانت في حاجة للعمل وأصرت على ذلك.

فرحت فيونا ايفانا بالتوظيف وهذا ما جعلها تغادر مكتب السيد كراوس متجهة إلى ذلك العنوان من أجل رؤية ومعاينة البيت الذي سوف تقوم بتأجيره رغم أنها تريد التأجير حتى من دون أن تراه لأنها مصرة على البقاء في هذه البلدة.

كان المكان الذي يقع فيه البيت أبعد من تلك البلدة بحوالي 40 كلم، لذا قادت فيونا ايفانا السيارة إلى هناك، وعندما وصلت تفاجأت قليلا لأن المكان لم يكن به سكان لقد كان بيتا واحدا في مكان يشبه الغابة.

ولكن البيت كان جميلا، صغيرا ويمكن أن يكون دافئا وحميميا، بيت يشبه بيوت الجبل من طابقين وفيه ثلاثة غرف، غرفة للنوم وغرفة مكتب وحمام في الطابق العلوي، وفي الطابق السفلي صالون وغرفة المطبخ.

أعجبت فيونا ايفانا بالبيت كثيرا وأحبته أكثر عندما دخلته وجالت في غرفه، كان يشبهها وهي رأت بأنها تشبهه فهو جميل من الداخل وبارد من الخارج، ووحيد في بقعة بعيدة عن الناس.

عادت فيونا في تلك الليلة إلى المدينة وأحضرت كل أغراضها، من أجل أن تستقر في البيت الجديد الذي قامت بدفع أجرته سنة بالكامل، فقد أرادت أن تقطع كل علاقاتها بالمدينة، وأن تنسى أمرها.

كان في الطريق بين المكتب وبيت فيونا ايفانا غابة في الطريق على الجهة اليسرى، في اليوم التالي قامت فيونا ايفانا من فراشها الدافيء لتجد نفسها في بيتها الجديد وفراشها الدافئ الجميل.

استقبلت الصبح بابتسامة، ثم قامت اغتسلت وتناولت طعام الإفطار على السريع وارتدت ملابسها لكي تبدأ أول يوم عمل لها هنا في هذه الحياة الجديدة.

صعدت فيونا ايفانا سيارتها وانطلقت بسرعة متوجهة إلى المكتب، كانت تحمل معها كوبا من القهوة لكي تحتسي منه في الطريق، وفي طريقها وبعد أن قطعت بعض المسافة حيث في ذلك المكان بالذات كانت هناك الغابة على يسارها.

لاحظت فيونا وجود رجل هناك يقف خارج الغابة يبعد عن الطريق حوالي الستة أقدام يقف هناك بكل ثبات وفي مثل ذلك الوقت الذي يعتبر باكرا بعض الشيء.

ولكن الغريب في الأمر أن الرجل لم يكن يرتدي ثيابا ثقيلة تصلح لهذا الجو، لقد كان يرتدي قميصا أبيض اللون ناصعا، وسروال بذلة أسودا، ولا يبدو عليه أنه يشعر بالبرد.

لم تتمكن ايفانا فيونا من التمعن بملامح الرجل جيدا لأنها لمحت في حين كانت تقوم بوضع الكوب من بعدها بعد أن ارتشفت بعض القهوة فمرت بجانب الرجل ولم تلاحظ ما كان يفعله رغم أنه كان يقف بمواجهة الطريق ولا يبدو أنه يفعل الكثير.

شغل ذلك الرجل تفكير فيونا قليلا ولكنها سرعان ما تجاوزته وتجاوزت التفكير فيه وفيما يفعله في ذلك المكان في ذلك الوقت.

تأقلمت فيونا ايفانا في العمل بسرعة، وسرعان ما اعتادت على الناس واعتادوا عليها، كان العمل جيدا رغم أنه لم يكن بالكم الكبير، لم يكن شيئا مقارنة بعملها السابق

في المدينة ولكن السكرتيرة أو الموظفة في المكتب أخبرتها بأنه لا يكون لديهم عمل أحيانا ويكون مضغوطا بعض الشيء في أحيان أخرى.

توصلت فيونا ايفانا إلى أن فكرة تغييرها للعمل ومكان إقامتها كانت أحسن فكرة وعمل قامت به فهكذا قد غيرت حياتها وبدأت حياة أخرى من جديد وانطلاقا من الصفر.

شعرت فيونا ايفانا بالراحة لأن الأشخاص الذين التقت بهم كانوا كلهم لطفاء ويجيدون التعامل مع الغير.

في عصر ذلك اليوم عادت فيونا إلى بيتها وساقت سيارتها عبر ذلك الطريق وما شد انتباهها تلك الغابة التي لم تكن تعرف لما تشعر بشعور غريب كلما مرّت بجانبها.

كان ذلك العصر الجو منعصر ورمادي قليلا لذا كانت فيونا تشعر ببعض الضيق عندما مرت بذلك المكان.

لم تكن تعرف فيونا ايفانا لماذا تشعر بشعور غريب كلما مرت بالقرب من الغابة، كانت فيونا في البيت ولأول مرة تشعر ببعض الوحدة جلست قامت أكلت بعض الطعام

وشربت بعض الشاي، ثم أخذت كتابا وجلست بالقرب من النافذة على الأريكة التي تحتها وراحت تقرأ بعض الصفحات وكانت تضع النظارات ثم تنزعها وكأنها كانت مشتتة الأفكار.

بدأت بعض الأمطار بالهطول اعتقدت فيونا ايفانا وكأنها شاهدت أحدا خارج البيت ولكن عندما اقتربت من النافذة جيدا لم تجد أحدا.

شعرت فيونا ببعض البرد فأخذت لحافا وتلحفت به، ثم توجهت إلى الموقد وأشعلت النار لكي يصبح البيت دافئا.

في صباح اليوم الموالي، توجهت فيونا إلى العمل وقد أصبح الجو صاحيا، عندما بدأت فيونا تقترب من الغابة لم تعرف لما كانت تريد أن تنظر هناك ولكن للأسف فقد وقعت الأوراق والملفات التي كانت تحملها من على الكرسي.

تفاجأت فحاولت أن ترفعها وهي تسوق السيارة وعندما رفعت بعينيها وجدت بأنها تجاوزت ذلك الرجل الذي يقف أمام الغابة، لقد لاحظت وجوده هناك مثل اليوم السابق تماما.

كانت تفكر فيونا في أنها كان يجب أن توقف سيارتها وتسأل ذلك الرجل إن كان في حاجة للمساعدة ولكنها خافت منه قليلا، لأنه يبدو غريبا كما أن له يومين بنفس الحالة متواجد في نفس المكان وبنفس الملابس ولكنها لم تستطع أن ترى وجهه جيدا.

واصلت فيونا طريقها إلى العمل، ومرّ يومها بشكل عادي، لم يكن العمل كثيرا ولكن فيونا في هذا اليوم شعرت ببعض الضيق والفراغ وأرادت أن تملأ وقتها لأنها لم تتعود يوما على كل هذا الفراغ وبدون عمل مثمر.

راحت فيونا تتبادل أطراف الحديث مع الموظفة التي حدثتها عن المكان البلدة والسكان المحليين، فيما أخبرتها فيونا عن ظروف وأسباب انتقالها للعيش هنا.

أحست فيونا ببعض التحسن بعد الحديث مع الموظفة، بعد ذلك وعندما خرجت فيونا من العمل توجهت إلى البلدة لتتجول بها، وابتاعت بعض الأغراض التي تحتاجها، ثم توجهت إلى بيتها.

وقد أرا قد تراودني في تلك الليلة

في تلك الليلة قررت فيونا أن تجد أمرا تشغل به الفراغ
الذي يتخلل العمل، فالعمل ليس دائما كثير وهذا ما قد
يجعلها تشعر بالضيق.

فكرت كثيرا وقالت في نفسها:

يجب أن أجد أمرا يثير اهتمامي في هذا المكان لكي لا
يكون هناك وقت فراغ كبير يجعل الأفكار تجول برأسي
وقد تراودني أفكار سيئة لشدة الفراغ.

كانت أفكارها تتمحور حول أي أمر يمكنه المساعدة ففكرت كثيرا في أن توجه كل اهتمامها لإحدى الهوايات والتي قد تنال اهتمامها وتملأ وقتها.

بحثت فيونا في العلب التي أحضرتها معها من البيت الأول، فهي لم تقم بترتيب الأغراض بعد، ليس كلها، وفي إحدى العلب كانت يوجد العديد من الدفاتر، كانت تبحث بينها تقلبها وتقلب الصفحات وتضحك أحيانا على ما كانت تفعله سابقا وما كانت تدونه أو تخططه.

وجدت بين أغراضها دفترا للرسم وهذا ما شد انتباهها فقررت أن تعود للرسم ثانية لأنها كانت تفعل ذلك في السابق.

أخذت فيونا ايفانا دفترا الرسم وقلما وأيضا مذكرة لأنها قررت أن تبدأ في كتابة مذكراتها فحياتها في هذه البلدة تعتبر مغامرة وكانت كل يوم تكتشف شيئا جديدا ورأت أنه قد يكون الأمر مشوقا بعض الشيء.

بعد أن استلقت فيونا على سريرها وضعت الكتاب الذي كان في يديها وأخذت الدفتر والقلم وهي تضع نظاراتها وأخذت ترسم شيئا وعندما انتهت وجدت بأنها رسمت

رسما غير واضح ولكنه مفهوم، تفاجأت فيونا بنهاية الرسم، لقد رسمت غابة ورجلا يقف أمامها ولكنه لم يكن بوجه.

لم تتمكن فيونا من رسم ملامح وجه الرجل لأنها لم تتمكن من رؤيته رغم تعدد المرات التي رأته يقف في نفس المكان، وضعت الدفتر على الطاولة بجانبها وأطفأت الضوء وتدثرت في فراشها وهي تشد الغطاء.

لم تفهم فيونا سبب اهتمامها بالرجل ولما رسمته، استيقظت في الليل لأنها سمعت طرقا على الباب وكان الجو ماطرا جدا عندما نزلت وفتحت الباب وجدت رجلا يقف ببابها ولكنه يعطي ظهره للباب.

لقد شعرت وكأنها عرفت من هو من خلال ثيابه لأنه كان يرتدي قميصا أبيض اللون وسروالا أسودا لم تفهم لما أتى إلى بيتها فخافت وفجأة استيقظت من النوم فكانت تسوق سيارتها وسط الطريق وكادت تصدم شيئا فرأت ذلك الرجل وقد كانت بالقرب من الغابة وفجأة استيقظت للمرة الثانية يبدو أنها كانت نائمة وما رأته لم يكن سوى حلم وبداخله حلم آخر.

وجدت فيونا نفسها في فراشها وقد طلع النهار، مازال نصف ساعة على موعد استيقاظها المعتاد ولكن ذلك لم يكن أمرا سيئا لذا قررت القيام من فراشها لكي تجهز نفسها وتستعد لبداية يوم جديد.

أخذت فيونا أغراضها وضعتها في سيارتها، وكانت ترتدي معطفا رماديا داكن اللون، وتضع شالا صوفيا أزرقا فتح اللون يشبه السماء الصافية، وقبعة صوفية رمادية تميل للون الأسود، وتلبس حذاءا طويل العنق.

ركبت سيارتها وانطلقت، فكرت فيونا ايفانا في أنها سوف تتوقف إذا وجدت ذلك الرجل في مكانه المعتاد عند الغابة، أرادت أن تكلمه وأيضا أن ترى وجهه وأن تعرف قصته.

لم تلاحظ فيونا ايفانا بأنها متأخرة عن العمل رغم أنها استيقظت في وقت باكر، وعندما سمعت الساعة على راديو السيارة قررت أن تنطلق بأقصى سرعة وبان تغير خططها في التوقف لذلك الشخص الذي لم تكن متأكدة من أنها سوف تجده.

هذه المرة فيونا ايفانا لمحت الرجل الذي كان في مكانه وبنفس ملابسه لقد أصبح الأمر مثيرا ويشد اهتمام فيونا، لقد رأت وجهه ولكن بشكل سريع لأنها كانت تنطلق بسرعة.

في اليوم التالي لم تصحو فيونا في وقتها المعتاد لقد صحت متأخرة جدا وهذا ما جعلها تنطلق بسرعة فائقة في سيارتها دون أن تتناول طعام الإفطار.

فقد خرجت على عجالة، بدأ الأمر يثير فضول فيونا التي تعودت على أن تجد ذلك الرجل كل يوم في نفس البقعة لا يتحرك من مكانه، لقد بدأت فيونا تشك في الأمر قد يكون مجرد فزاعة أو لوحة إشهارية وليس رجلا يقف هناك كل يوم وبنفس الشكل وفي نفس البقعة وبلا حراك وبنفس الملابس.

لم يعد لفيونا ايفانا هم إلا لغز ذلك الرجل الغامض بالسر الخفي، كانت تفكر فيه حتى في المكتب ولم تشأ أن تفاتح العاملين هناك لكي لا يعتقدوا بأنها غريبة التفكير أو غريبة الأطوار أو حتى تتدخل فيما لا يعنيها.

في اليوم التالي قامت فيونا وكلها نشاط من أجل اكتشاف لغز ذلك الرجل وقد قررت التوقف هناك وأن تتقدم منه وأن تخاطبه.

عندما خرجت فيونا ايفانا وركبت سيارتها، أبت السيارة أن تتحرك وكانت نائمة بشكل لا يمكن إيقاظها، قلقت فيونا ايفانا من أن تتأخر على عملها وهي فتاة منضبطة لا يمكن أن تتأخر أو تتعذر بأسباب أيا كانت هذه الأسباب.

عادت فيونا ايفانا أدراجها ودخلت بيتها ثم اتصلت بصاحب مرآب تصليح السيارات وطلبت منه أن يأتي لمعاينة سيارتها، بعد بضع دقائق لم تتجاوز العشرون

دقيقة جاء صاحب المرآب في شاحنته وعندما ألقى نظرة على السيارة أخبرها بأنه سوف يجرها إلى مرآبه فطلبت منه أن يصنع لها معروفا وان يوصلها إلى عملها.

في الطريق كان الرجل يتكلم مع فيونا ايفانا عن وصولها المدينة وأنه يعلم بأنها موظفة في مكتب السيد كراوس وأنه نظرا لحجم المدينة الصغير فالأخبار تتنقل بسهولة وبسرعة والجميع يعلمون ما الذي يجري وما الجديد.

عندما مروا بالشاحنة قرب الغابة لاحظت فيونا بأن السيد جيمس الميكانيكي لم يبد أية ردة فعل عن الرجل الذي كان يقف في ذلك الصباح البارد بتلك الملابس التي لا تقي من البرد، فقد بدا وكأنه متأنقا.

وعندما سألته من ذلك الرجل الذي يقف هناك أخبرها بأنه لم ينتبه لوجود شخص قرب الغابة لأنه كان يضع عينيه على الطريق ولم يركز مع الغابة، وعندما نظر في المرآة العاكسة لم يجد أحدا، استغربت فيونا ذلك وعندما التفتت إلى الخلف وأخرجت رأسها من النافذة لم تجد شيئا هي الأخرى، فاعتقدت بأن الرجل قد غادر مكانه أو ربما دخل الغابة.

أوصل السيد جيمس فيونا إلى عملها وأخبرها بأن تمر عليه في المساء لأن السيارة سوف تكون جاهزة لأنها لن تأخذ وقتا طويلا في التصليح.

أصبحت فيونا تشعر ببعض الخوف من ذلك الرجل الغريب لكنها مازالت مصرة على معرفة كل قصته، في اليوم التالي وبعد أن تجاوزته بالسيارة وهي مترددة من النزول ومكالمته، ولكنها في الأخير تشجعت ونزلت فوجدته قد اختفى، عادت إلى سيارتها ركبت وانطلقت تكمل طريقها.

لم تكن فيونا ايفانا تجد ذلك الرجل في الأوقات الأخرى مساء أو غير ذلك، كان ذلك الرجل المتأنق منضبطا في مواعيده ولا يتواجد هناك إلا في ذلك الوقت، ونفس الوقت كل صباح.

ترددت فيونا في الكلام مع الرجل والتقرب منه لذا، وبعدما حدث في هذه المرة قررت أن تتروى في خطوتها هذه.

في يوم جديد وعندما اقتربت فيونا من ذلك المكان بالذات خفضت من سرعة السيارة لكي ترى تعابير وجه الرجل فربما يكون شخصا غريب الأطوار.

وَعندما نظرت في عينيه، نظرت وتمعنت فبادلها النظرات، بادلها نظرات استغراب وغرابة ولم تفهم هي معنى تلك النظرة، بعد أن تجاوزته نظرة في مرآة السيارة فإذا بها ترى نفس ذلك الشخص يجلس في المقعد الخلفي لسيارتها ملأها الرعب فالتفتت للكرسي ولم تجد أحدا، أوقفت السيارة وتنفست بصعوبة.

أكملت فيونا ايفانا طريقها وهي خائفة مما حدث، وكانت تفكر كثيرا بالأمر كل الوقت حتى خلال طريق العودة إلى بيتها كانت تتأمل الغابة وقد أصبحت مكانا موحشا يجعلها تشعر بالخوف.

في هذه المرحلة ومنذ اليوم أصبحت فيونا ايفانا تشعر بالخوف من الطريق والغابة، حتى أنها أحيانا تشعر وكأن أحدا معها أو بقربها، وحتى عندما عادت إلى بيتها أحست اليوم بشعور غريب، لم يكن البيت كعادته، لدرجة أنها بحثت في كل الغرف اعتقادا منها أن أحدا هناك.

فتحت فيونا ايفانا المذياع لكي تشعر بشيء من الأنس ولكي تطرد الوحشة من بيتها، وقامت بطبخ طعام ثم جلست أمام المدفأة تتناول طعامها ولكنها مازالت تشعر بشيء غريب وكان شخصا موجودا في بيتها.

كانت تجلس على الكرسي تتناول طعامها الذي على طاولة الطعام أمامها وتلتفت بين الفينة والأخرى وتشعر بتيار هواء خلف عنقها.

في اليوم التالي حدث أمر غريب جدا، حدث أمر جعل فيونا ايفانا تسرح لبعض الوقت، ولكن الأغرب منه ما حدث بعد ذلك، فما حدث في البداية هي أنها لم تجد ولأول مرة ذلك الرجل في مكانه المعتاد ولا في موعده المعتاد.

لأول مرة ومنذ أول يوم قطنت فيه في هذه المنطقة وهي ترى ذلك الرجل الذي تدعوه رجل الغابة يوميا في نفس المكان ونفس الموعد، ولأول مرة لم تجده.

شعرت فيونا إيفانا بالفضول فأوقفت السيارة ونزلت ونظرت يمينا وشمالا، راودها إحساس غريب ينبعث من

الغابة المخيفة، كانت تنظر هناك أين تعودت أن ترى رجل الغابة يقف هناك.

بعد برهة عادت وركبت سيارتها، نظرت في المرآة فوجدت ذلك الرجل يجلس في المقعد الخلفي لسيارتها فزعت وخافت كثيرا، أغلقت عينيها وقالت كلمات لتجعله يختفي من سيارتها وعندما فتحت عينيها لم ترى شيئا في المرآة، فالتفتت إلى الخلف ولم تجد أحدا في المقعد الخلفي.

تنهدت فيونا ايفانا وأيقنت بأن ما هذه إلا هلوسة أو خيالات ليس إلا، شعرت ببعض الراحة بعد أن سخرت من نفسها ومن خوفها من لاشي، ضربت رأسها بكفها وقالت:

يا الهي ما الذي يحدث معك يا فيونا

كانت فيونا متاكدة من أنها لم تر شيئا مثلما كانت متأكدة قبل برهة بأنها قد رأت شيئا.

واصلت فيونا ايفانا طريقها متجاهلة ما حدث معها، كان منبع التجاهل الخوف لذا قررت بأن الأمر لا يحتاج كثير التفكير.

واصلت فيونا ايفانا طريقها إلى العمل وكانت لا تنظر إلى المرآة أبدا خوفا مما قد يحدث.

عندما وصلت إلى العمل كان الجو عاديا وصافيا والناس نشيطون يزاولون مختلف أعمالهم.

دخلت إلى المكتب كالمعتاد، وبعد عدة ساعات من العمل شعرت ببعض التوعك فدخلت إلى الحمام، غسلت وجهها ولم تتحسن شعرت وكأنها تريد أن تتقيأ وكأن شيئا يحاول الخروج من حلقها.

وفجأة أحست وكأن شيئا يخرج فساعدت بإدخال يدها في فمها وأخرجت شيئا مثل الحبل ولكنه أقرب لخصلة الشعر، ولكن هذا الحبل كان طويلا أكثر من المترين وأسود اللون ويرافقه محلول أسود.

خافت فيونا كثيرا مما حدث لها فمسحت عيونها من تلك الدموع التي نزلت من ألم خروج ذلك الشيء.

وقع ذلك الحبل في حوض الغسيل فخرجت إلى المكتب مسرعة ونادت على السيد كراوس الذي سارع إليها وعندما أخبرته بما جرى معها دخل إلى الحمام ليرى ذلك الشيء.

ولكنه تفاجأ بأنه لا يوجد شيء بالداخل والحوض نظيف وغير مبلل، بدا الحوض وكأنه لم يكن هناك أحد يغسل وجهه قبل قليل.

اعتقد السيد كراوس بأن فيونا ربما متعبة، أو هناك أمر ما يرهقها، فطلب منها أخذ بقية اليوم كإجازة.

لم تستطع فيونا أن تصدق كلام السيد كراوس فدخلت لتتأكد، وبالفعل لم تجد شيئا هناك.

كان الحوض نظيفا ولا يبدو كأنه منذ قليل كان شخص هناك، لم يكن هناك شيء ولو قطرة ماء.

اختفى الحبل واختفت كل تلك الفوضى التي أحدثها المحلول الأسود، لم تصدق ما حصل معها، فبالرغم من أن إحساس الألم كان حقيقيا ولكنها استسلمت لما قاله لها السيد كراوس بأنها ربما تشعر ببعض الإرهاق.

غسلت وجهها مرة أخرى وعندما رفعت عينيها إلى المرآة تفاجأت بالرجل ذاته الذي كانت تراه قبلا في المرآة والذي كان في الغابة واقفا وراءها فالتفتت إلى الخلف وقلبها يدق بسرعة وخوف ولكنها كالعادة لم تجد أحدا وراءها.

خرجت فيونا من الحمام مسرعة أخذت حقيبة يدها وغادرت المكتب فورا.

عندما خرجت ترددت قليلا في ركوب سيارتها ثم تشجعت قليلا وقررت أن لا ترفع عينيها إلى المرآة.

شغلت السيارة وزادت من السرعة وتوجهت إلى بيتها مباشرة دون ان تنظر إلى المرآة ولم تنظر باتجاه الغابة التي أصبحت تسبب لها خوفا.

لقد أصبحت فيونا تخاف من تلك الطريق التي تقطعها كل يوم ذهابا وإيابا من بيتها إلى العمل.

وعندما عادت إلى بيتها كان يرافقها نفس الشعور بأن هناك شخص ما معها يرافقها ويقيد كل حركاتها.

لم تشعر فيونا في بيتها بالأمان بل وأصبحت متأكدة بأن "من" أو بالأحرى "ما" يرافقها أو يراقبها ليس شخصا بل هي روح أو شبح.

وبعد كلما حصل معها أصبحت تشك في أن تلك الروح أو ذلك الشبح له علاقة بذلك الرجل بالقميص الأبيض والبنطال الأسود الذي كان يراقبها كلما مرت بالغابة، إنه

ذلك الشخص الغريب والذي كان يتهيأ لها بشكل غريب في المرآة.

ربطت فيونا الأمور ببعضها ولكنها لم تستطع أن تفهم الأمر على حقيقته لذا قررت أن تبحث في الأمر ولكن في الصباح طبعا.

خلدت إلى فراشها باكرا ولكن النوم ما كان يأتي ببساطة وسهولة، ولكنها تقلبت في فراشها كثيرا.

عندما غطت في النوم عميقا رأت حلما، لقد رأت نفس الشخص الذي كان يعيش في بيت في وسط الغابة، كان الشاب يعيش لوحده ولا أحد معه في البيت.

في كل صباح كان الشاب يغتسل ويحلق ذقنه، ثم يرتدي ثيابه، كانت ثيابه متشابهة فقد كان يرتدي في كل مرة قميصا أبيض اللون وبنطالا أسودا، لقد كانت خزانته مليئة بالقمصان البيضاء والسراويل السوداء.

كان لديه أسلوبا معينا في ارتداء الملابس والشاب كان ملتزما لأنه بعد ذلك يتناول كوبا من القهوة ويقرأ الجريدة التي كان لها تاريخ لا يتغير.

تاريخ الجريدة كان الاثنين 12 أكتوبر 1932

بعد أن تكرر نفس الشيء أصبحت فيونا تعتقد بأنه نفس المشهد يتكرر أمامها وكأن ذلك الشاب كان عالقا في ذلك اليوم .

وبعد ذلك يخرج من البيت ويشغل سيارته الصغيرة الحمراء ولكن السيارة لم تكن تشتغل جيدا يدخل البيت ويغير قميصه الأبيض الذي لطخه زيت السيارة، ثم يخرج مرة أخرى وانطلق بسيارته التي لم تستطع أن توصله إلى وجهته فتتوقف سيارته في الغابة.

يطفئ محرك السيارة ويتركها هناك ويحمل حقيبته من الباب الخلفي ويواصل طريقه سيرا على الأقدام حتى يصل إلى الطريق العام.

يقف على حافة الطريق ليرى إن كانت هناك سيارة تمر من هناك لكي يوقفها فيوصله صاحبها إلى وجهته.

يقف غير بعيد ولكن ليس كما كانت تراه هي في طريقها الوضع كان مختلفا لأنه كان يحمل حقيبة.

استيقظت فيونا لتجد بأن كلما كانت تراه ليس إلا حلما، تنظر إلى الساعة فتكتشف بأنها لم تنم إلا ساعة واحدة.

تعود فيونا مرة أخرى إلى فراشها وتضع رأسها على وسادتها، ما إن وضعت رأسها على وسادتها حتى عادت إلى نفس الحلم ولكن الغريب إن أعادت الحلم الذي رأته قبل قليل كاملا ولكن وكأنه شريط مسرّع.

وعندما وصلت إلى نفس النقطة التي استيقظت فيها قبل قليل تنهدت وهي نائمة وغيرت وضعية نومها وأكملت حلمها دون أن تشعر بما يفعله جسدها.

كان الشاب واقفا ينتظر من يقله وبعد قليل تتوف سيارة ويدخل فيها ووجه مرسومة عليه ابتسامة.

وهناك وكأنه يحدث قطع ما فترى فيونا منظرا أسودا مزلما ولا تكاد ترى شيئا لعدة لحظات وكأنها كانت في غرفة والضوء مطفئا، أو كأن الجو فجأة أصبح ليلا ولا يوجد منبع للضوء نهائيا.

وبعد لحظات عادت الأمور إلى طبيعتها وأصبحت الرؤية واضحة، ولكن بعد حذف مشهد من الحلم، فواصلت فيونا حلمها في نقطة تشبه النقطة التي توقفت عندها.

وقفت نفس السيارة التي أقلت الشاب في نفس البقعة وهي متوجهة في نفس الاتجاه ولكن كانت تسير ثم توقفت مما يعني بأنه كان فيها.

توقفت السيارة التي كانت تظهر من الخلف، ونزل منها الشاب وتقد إلى الأمام بضع خطوات ثم توقف وكأنه تذكر أنه نسي شيئا في السيارة ربما حقيبته فالتفت إلى الوراء محاولا الرجوع إلى السيارة التي مازلت متوقفة هناك.

في هذه اللحظة يصبح الشاب واقفا بنفس الطريقة التي كانت تراه بها فيونا في نفس المكان وبنفس الثياب وينظر بنفس الاتجاه.

ولكن لم تر فيونا أي أحد يخرج من السيارة ولا الشاب كان قد مشى أو اتجه نحو السيارة.

وفجأة تعود اللقطة إلى الوراء فترى فيونا الشاب يلتفت وما هي إلى لحظات قليلة حتى تتغير ملامح وجهه وفجأة

يضع ذراعه على رأسه وكأنه يحاول حماية نفسه ووجهه بالذات.

وبعد ذلك تختفي الرؤية من جديد، وإذا بالحلم قد انتهى فتستيقظ فيونا صباحا لتجد بأن الساعة التاسعة صباحا، لقد استغرقت في النوم وليس بعادتها الصحو متأخرة.

من حسن حظ فيونا أنه لم يكن يوم عمل بل كانت عطلة نهاية الأسبوع.

وبعد أن حظيت فيونا بصباح جيد وانتعشت قليلا، وهي تشرب كوب القهوة كانت فكرت كثيرا في تفاصيل ذلك الحلم لذا قررت أن تكتشف حقيقة الأمر.

ارتدت فيونا ملابسها ثم ركبت سيارتها وتوجهت إلى الغابة تلك وبالضبط إلى نفس المكان الذي رآه في حلمها.

سارت كثيرا ودخلت الى عمق الغابة وكانت تتذكر الطريق من خلال استعادتها للحلم.

وبعد مدة وصلت فيونا إلى ذلك البيت الذي رأت الشاب يخرج منه، وكان بجانب البيت سيارة مغطاة وفوق

الغطاء غبار وتراب وأوراق أشجار، يبدو الغطاء أنه هناك فوق تلك السيارة منذ سنوات كثيرة رغم أنه يوجد مثل المرآب صغير حول السيارة وفوقها تقريبا.

كان البيت قديما وربما ليس مأهولا ولكنه مثل البيت الذي كان في حلمها ليلة البارحة.

نزلت فيونا من سيارتها وتقدمت باتجاه الباب، شعرت وكأن هناك أحد بالداخل، وكأن أحد يطل من النافذة على الجانب الأيسر.

طرقت فيونا الباب ولكن أحدا لم يجبها، طرقت كثيرا ولكنها لم تسمع جوابا.

تراجعت وحاولت العودة إلى سيارتها حتى سمعت صوت غناء، لم يكن الصوت منبعثا من البيت بل وكأنه من مكان آخر، مكان بعيد هناك وراء البيت في عمق الغابة التي وراء البيت، والبيت كان يتوسط الغابة تقريبا وهناك أشجار من كل اتجاه.

من شدة فضولها تبعت فيونا الصوت القادم من عمق الغابة وواصلت التقدم لمسافة طويلة وكلما قدمت خطوة أصبح الصوت أوضح بكثير.

كان صوت غناء بلغة غير مفهومة وكأنها هندية، وكأنها لغة قديمة كلماتها غير مفهومة ولكن ترانيمها تشبه الأنغام الهندية.

استمرت فيونا في السير حتى وصلت إلى بيت صغير كان أشبه بالكوخ القديم وفي الخلف كان رجل عجوز يجلس هناك يغني ويصنع طعما للصيد يبدو وكأنه صياد.

قالت:

مرحبا

ثم تقدمت منه لكي تكلمه.

في الحقيقة لم تكن تعرف الرجل ولكن ولسبب ما أرادت أن تسأله عن ذلك البيت الذي بالرغم من أنه بعيد عنه إلا أنه اقرب شخص له، كانت تريد سؤاله عما إذا كان أحد يعيش هناك.

بعد أن ألقت التحية سألته عن ذلك البيت في الغابة، فقال لها:

نعم بالطبع أنا أكثر شخص يعرف إيمانويل

ردت عليه فيونا بلهجة استغراب وقالت:

إيمانويل

قال الرجل:

نعم إيمانويل أولم تلتقي به؟

قالت:

ألتقي به؟

قال:

نعم انه الرجل الذي يلبس قميصا أبيضا وبنطالا أسود اللون.

قالت: (في استغراب)

لا لم ألتقي به

فأمسك الرجل بيدها وأغمض عينيه ثم أفلت يدها وقد كانت متضايقة تحاول أن تفلت من قبضته.

فقال:

أنت تكذبين لقد التقيت به، وإلا لما كنت ستأتي إلى هنا، وما عساك تريدين مني.

سكتت فيونا وهي في حيرة واستغراب وإحراج لأنه نعتها بالكاذبة.

فقال لها الرجل:

أنا اعرف كل شيء

وليس فقط هذا، بل هناك المزيد وأكثر من هذا أيضا أنت عرضت عليه تقديم المساعدة.

قالت:

عرضت المساعدة؟ لا أنا لم تسنح لي الفرصة حتى لأكلمه ولم أعرض عليه تقديم المساعدة أبدا.

الرجل:

أنت كنت تفكرين في تقديم المساعدة ونظرت إليه جيدا وتوقفت بسيارتك أكثر من مرة لكي تساعديه وهو قد شعر برغبتك في تقديم المساعدة والآن لا يمكنك التراجع.

فيونا:

ولكن أنا لم أجده ولا اعرفه ولا أظن انه إنسان

الرجل:

أنت تقدمين المساعدة لأنك تريدين فعل ذلك، تريدين إعانة شخص وليس شرطا أن تكون لك سابق معرفة به

وأنت عندما تساعدين تقدمين يد العون لمن يحتاجها وليس شرطا أيضا أن يكون إنسان فأنت ربما تساعدين حيوان عاجز على عبور الطريق، ألا تفعلين ذلك؟

أجابت:

بلى أفعل

فأكمل حديثه وقال:

ويمكنك أيضا مساعدة روح أو حتى شبح وضحك.

فيونا:

كلامك معقول ومنه جزء كبير مخيف ولا يوجد ما يدعو للضحك أبدا.

الرجل:

اسمعي لا يمكنك التراجع الآن، لقد تواصلت مع إيمانويل وفات الوقت فلا يمكنك التراجع لأنه سوف يلتصق بك إلى الأبد إذا لم تساعديه.

لم يكن بيدها حيلة واستسلمت لكلام الرجل فأضافت سؤالا وقالت:

ولكن من هو ايمانويل هذا؟

الرجل:

اسمعي لقد مرت حوالي السبعون عاملا لم يسألني شخص عن ايمانويل.

فيونا:

سبعون عاما؟

الرجل:

لا تقاطعي كلامي حتى تسمعي الحكاية كاملة.

فيونا:

حسنا.

الرجل:

إيمانويل كان شابا طيبا ولم يؤذي أحدا يوما

كان مجدا ومحبا لعمله لقد كان محاميا.

كما أنه كان صديقي وكنا نقضي بعد ظهر الأحد معا نصطاد من البحيرة، هناك بحيرة من هذا الاتجاه وأشار بيده في الاتجاه المعاكس لبيت ايمانويل.

ولكنه وفجأة في أحد الأيام قد اختفى تاركا سيارته في وسط الغابة وبدون أي اثر.

فيونا:

كيف اختفى؟

وماذا قالت الشرطة؟

الرجل:

نعم اختفى بدون أثر ولا أحد يعلم ما حدث له، الشرطة أغلقت القضية بعد اعتباره مفقودا ثم طالب ابن أخيه إعلان وفاته وبالفعل وذلك من أجل الميراث لأنه اعتقد بأنه بإمكانه بيع البيت أو السيارة ولكنه لا يستطع فعل ذلك.

تمكن ابن أخيه من أخذ مبلغ من المالكان في حساب بنكي باسم إيمانويل أما البيت والسيارة فلم يستطع فعل شيء بالنسبة إليهما.

فيونا:

ومن يعتني بالبيت الآن أو بالأحرى من يحرسه؟

الرجل:

البيت يحرس نفسه، هناك من يقول بأنه مسكون وكذلك السيارة لم يستطع أحد ركوبها لكنني أنا أعدتها إلى المرآب حيث وجدتها ولا يمكن لأحد أن يزعج البيت والسيارة حتى إن اللصوص قد تعلموا درسهم ولم يعد أحد يقترب من المكان.

فيونا:

وأنت أيضا ألا تعلم ما حدث لإيمانويل ، لقد قلت لي قبل قليل أنك تتعلم كل شيء.

الرجل:

اسمعي هذه الأمور لا تحدث هكذا، كلما أعرفه هو بأنه إيمانويل قد عانى الكثير وبأنه قد حدث له أمر مرعب ولكن ما هي التفاصيل أنا لا اعلم ذلك.

ولسبب ما أنا أجهله لقد اختارك إيمانويل لمساعدته ربما لأنك قدمت له يد المساعدة، أو ربما لأنك تستطعين فعل ذلك أو ربما لأن قلبك نقي أو ما شابه.

أظن أن هناك سرا وراء هذا الارتباط بينك وبين إيمانويل.

فيونا:

وماذا علي أن افعل؟

الرجل:

استمعي إلى قلبك، واتبعي كلما تشعرين بأنه حق وإنصاف.

لم تفهم فيونا كلام الرجل الأخير ولكنك قررت أن تساعد إيمانويل دون أن تعرف هل مساعدته هي مهمة ممكنة أو أمر مستحيل، سهلة، صعبة أو غير ذلك.

طلبت من الرجل أن يرشدها أو على الأقل أن يضعها على الطريق الصحيح.

تنهد طويلا ثم قال لها:

هيا معي.

وضع الرجل ما بيديه وسار مع فيونا وهو يحكي لها عن إيمانويل وعن الأوقات الممتعة التي كانا يقضيانها في الصيد معا.

سارا طويلا حتى وصلا إلى بيت ايمانويل فدخل إلى المرآب وأخذ مفتاحا من أحد القوارير هناك على الرف في الجانب الأيمن.

خرج الرجل وفتح لها الباب وطلب منها الدخول.

ترددت قليلا فيونا، فسخر منها الرجل وقال لها:

لا تخافي لا أحد هنا إلا بعض الأشباح وأردف كلامها بأن ما قاله محض مزحة.

دخلت فيونا وفجأة كأنها عادت بالزمن لقد رأت إيمانويل يهم بالخروج ثم اختفت الرؤية.

عندما أخبرت الرجل بما رأت قال لها:

هل علمت الآن لما أنت قادرة على مساعدة إيمانويل ، أنت لديك قوة رهيبة لديك إحساس عالي ويمكنك الشعور بالعالم الآخر.

لم تكن فيونا تمتلك إلا الذهول كردة فعل فقالت باستغراب كبير:

العالم الآخر

ضحك الرجل وقال لها:

سوف تعتادين على ذلك مع مرور الوقت.

سكتت وواصلها سيرها وراءه وهو يحاول تعريفها على كافة أرجاء البيت ويشرح لها:

هذا الصالون وهذا المطبخ وفي الطابق العلوي غرفة النوم الرئيسية وغرفة الضيوف وحمام.

قالت له:

ولكن ما الذي نفعله هنا؟

الرجل:

أنت تتعرفين على إيمانويل ثم أخذ صورة كانت معلقة على الحائط وقال لها:

خذي وانظري هذا هو إيمانويل شبحك.

أخذت فيونا الصورة ونظرت إليه، لقد كان نفس الشاب بنفس الثياب وله عينان ناعستان وابتسامة خفيفة وشكله مرتب جدا وكأنه طفل صغير والدته حريصة على ترتيب شعره وثيابه.

لقد تذكرت الحلم الذي راودها ليلة البارحة إنه يشبه نفسه في الحلم كما أنه يشبه الرجل الواقف بجانب الطريق عند الغابة.

وضعت فيونا الصورة وواصلت السير وصولا إلى طاولة الطعام حيث كانت على الطاولة تلك الجريدة التي عمرها يقارب السبعين عاما حملتها بين يديها لكي تشعر بدفء يد إيمانويل التي كانت عليها قبل زمن طويل وكأنها عليها في تلك اللحظة وقد كان في الحقيقة إيمانويل يرافقهما داخل بيته دون أن يراه أحدهما.

قالت فيونا:

البيت يبدو وكأن أحد يسكنه ويعتني به كيف يعقل ذلك

الرجل:

لقد كان إيمانويل شخص شديد النظافة والترتيب، إنه رجل يجيد الاهتمام بنفسه وببيته، ومازال كذلك.

لم تعد فيونا تستغرب كلام الرجل ولا تناقشه لقد أصبحت هذه الأمور مسلمات وأمور عادية بدلا من كونها أمورا غريبة ومريبة.

وفجأة سقط على الأرض دفتر ما، كان الرجل بجانب المكتب فأخذ الدفتر وقال لها:

فيونا هذا الدفتر من أجلك، إيمانويل يريدك أن تحصلي عليه.

أخذت فيونا الدفتر والذي كان مليئا بالحالات والقضايا والتواريخ من أجل اللقاءات والمواعيد المهمة.

لقد علمت فيونا بأنه هناك عمل كثير في انتظارها من أجل مساعدة إيمانويل فعليها أن تعود إلى الوراء وتدرس حياة وكل تفاصيلها والرجل سوف يساعدها ولكن ذلك لم يكن كافيا إذ عليها أن تجد شخصا آخر يساعدها شخص على معرفة بإيمانويل في العمل مثلا.

أخذت فيونا الدفتر وخرجت من البيت وعندما خرجت نظرت إلى البيت وراءها فرأت الشاب إيمانويل يقف وراء نافذة غرفة نومه لقد رأته بوضوح ولم يختف كعادته.

قال لها الرجل:

إن أردت يمكنك المجيء إلى بيت إيمانويل في أية لحظة فإيمانويل يرحب بك، بل وأكثر من ذلك يمكنك الإقامة في بيته إن أردت ذلك.

أعاد الرجل المفتاح إلى مكانه ثم نادى عليها وقال:

فيونا انظري أنت تعلمين مكان المفتاح استعمليه كما تريدين ومتى ما تريدين.

لقد زادت عزيمة فيونا وقررت أن تساعد إيمانويل، ولأن إيمانويل يؤمن بأنها يمكنها مساعدته لذا قررت تقديم العون له.

افترقت مع الرجل الذي عاد إلى بيته بعد أن شكرته لقديم المساعدة لها وقد قال لها:

يمكنك اللجوء إلي في أي وقت فأنت محل ترحيب وسوف أخبرك بكل ما أعرفه وكلما أتذكره، كما أنني متأكد من أنك سوف تفلحين.

لقد كان لإيمانويل نظرة في الناس ويمكنه أن يميز الجيد من السيئ ولكن لكل حصان كبوة.

ها قد عادت فيونا لسماع كلام لا تفهمه من الرجل ولكنها تعلمت من الفترة القصيرة التي تعرفت فيها عليها أو تسمع بدون نقاش وسوف تفهم كلامه فيما بعد بدون أدنى شك.

وضعت فيونا الدفتر على المقعد بجانبها وقد كان مكتوب عليه من فوق المحامي إيمانويل ماركس نظرت إليه حينا بعد حين، وهي تسوق سيارتها عادة إلى بيتها.

رفعت فيونا عينيها إلى مرآة السيارة لأول مرة بدون خوف ولكن لم يظهر لها هناك أحد فأكملت طريقها إلى بيتها.

لأول مرة أصبحت فيونا تعرف تلك الشخصية الغامضة والتي تقف أمام الغابة والذي كانت تدعوه رجل الغابة وأصبح لديها اسمه بالكامل.

خطرت في بال فيونا فكرة وبما أنها تمتلك اسمه بالكامل لما لا تذهب الى مكتبة البلدة القريبة لكي تبحث عن أية معلومات عنه، فالقليل سوف يساعد والكثير يساعد وأية معلومة لها أهميتها حتى لو اعتقد الشخص أنها غير مهمة.

أدارت السيارة لكي تعود إلى المدينة ولكن السيارة توقفت ولم تتمكن من جعلها تمشي.

وعندما نظرت إلى المرآة رأت شبحا أرعبها لأول مرة ترى الشبح بصورة بشعة لقد أرعبها وكان وكأنه يطلب منها العودة إلى بيتها لأنه كان يشير إلى لافتة المكان الذي قرب بيتها والمدينة على الاتجاه المعاكس.

لقد بدأت فيونا تفهم تصرفات الشبح ففهمت ما طلبه منها، عادت أدراجها وتوجهت إلى البيت مباشرة وعندما نظرت في المرآة رأت شبحها مرتاحا وبصورة جيدة وشكله ليس كشكله قبل قليل عندما اعتراه الغضب.

لقد بدأت فيونا تفهم شبحها وتفهم مشاعره حين الغضب وحين الرضا.

مازالت الطريق طويلة أمام فيونا لكي تتأقلم مع إيمانويل الذي مضى على موته سبعون عاما.

عرفت فيونا بأن ايمانويل يبحث عن طريقة للتواصل معها ولكي يوصل لها ما يجب فعله وما لا يجب فعله، لقد شعرت بمدى أهمية وخطورة الأمر، وأصبحت تعي حقيقة الوضع الذي هي فيه.

في المساء ذلك اليوم أخذت فيونا ذلك الدفتر وبدأت تتصفحه وهذا ما جعلها تصبح على علم ببعض موكلي إيمانويل حين كان محاميا.

الأمر المثير للاهتمام هو أن السيد كراوس وعلى ما يبدو كان يعرف إيمانويل من قريب أو بعيد، لأن والد السيد كراوس كان أحد موكلي إيمانويل والذي كان يعاني من مشاكل مع الشركة التي كان موظفا لديها.

وكانت هناك سيدة كان لديها موعدان مع إيمانويل آخرهما كان يوم وفاته ومن المفروض أنها آخر موعد له في حياته، هذا في حالة ما إذا كان قد تمكن من اللحاق بمواعيده في ذلك اليوم قبل اختفائه المريب.

وبعد أن جمعت فيونا بعض الخيوط وكتبت بعض الملاحظات والنقاط على مذكرة خاصة بها ولفت دفتر إيمانويل الذي عليه اسمه في قطعة قماش (منشفة) أخذتها من المطبخ وأخفته في غرفتها.

وضعت مذكرتها في حقيبة يدها لأنها مازالت تريد أن تذهب إلى المكتبة وإن كان إيمانويل يرفض مكتبة المدينة تلك سوف تتوجه إلى أقرب مدينة بخلاف تلك والتي كانت في الاتجاه الآخر للمدينة وتبعد حوالي 60 كلم ولكن الذهاب إلى هناك كان لأجل أمر بالغ الأهمية.

في صباح اليوم التالي استيقظت فيونا باكرا وقد كان يوم الأحد ولا عمل اليوم لكن المكتبة سوف تكون مفتوحة لأجل من يريدون مختلف المعلومات والكتب لقراءتها في نهاية الأسبوع.

لقد تفاجأت فيونا لكل تلك الأخبار التي كانت قد كتبت في الصحف عن حادثة اختفاء إيمانويل ووجدت بان الشرطة قد أغلقت القضية سريعا.

كما وجدت بأنه في احدى صفحات جريدة قد تم ذكر تلك القضايا التي تركها ايمانويل معلقة وراءه مل قضية السيدة سوزانا التي كانت هي آخر موعد له في حياته.

لقد أفادت التحقيقات بأن **السيدة سوزانا** لم تكن هي آخر من يراه بل هو لم يأي إلى موعده معها حتى أنه لم يتمكن من الوصول إلى مكتبه في المدينة.

من الصدف أن مكتبه كان هو نفس المكتب الذي تعمل فيه فيونا الآن، مكتب السيد كراوس الذي تمكن والده بعد اختفاء إيمانويل من كسب قضيته ضد شركة التي كان يعمل لها وأخذ مبلغا من المال كتعويض فاشترى البناية التي كان بها مكتب المحامي إيمانويل.

أما بالنسبة للسيدة سوزانا فقد كان الجميع قد تنبأ لها بخسارة قضيتها مع زوجها وسوف يتم الحسم في قضيتها

بعد يومين بعد لقائها مع إيمانويل لكن موت محاميها أتاح لها الفرصة للاستئناف وأعطتها المحكمة وقتا لاختبار محام آخر، وبطريقة أو بأخرى تغيرت الأمور لصالحها وربحت القضية مما جعل زوجها ينتحر فربحت القضية مرتين.

اكتشفت ايفانا بأن هناك خيوط كثيرة متداخلة مع بعضها البعض، ولكنها شعرت بان هناك خطة ومكيدة قد أحيكت ضد إيمانويل الذي تمت سرقة حياته منه.

على ما يبدو أن والد السيد كراوس قد كان عشيق السيد سوزانا فساعدها من أجل أن تتخلص من زوجها ودبر لها مكيدة لكي تتخلص من زوجها وتربح القضية.

كان يجب أن تؤجل الحكم وتطلب الاستئناف ولكن الاستئناف كان قد رفض من طرف المحكمة لذا لم يكن أمامها وبنصيحة من عشيقها والد السيد كراوس أحيكت خطة محكمة وتم التخلص من محاميها وقتله سرا وبطريقة لا تثير الشبهات.

وبعد ذلك تقدمت بطلب لتأجيل المحاكمة نظرا لاختفاء محاميها (السيد إيمانويل الذي قتله هي وعشيقها والد السيد كراوس) وقد استجابت المحكمة لطلبها وتم التأجيل.

بفضل خطة عشيقها واختفاء محاميها وبعد فترة من تعيين المحامي الجديد ربحت القضية وتخلصت من زوجها.

قامت السيدة سوزانا بصحبة والد السيد كراوس من نصب فخ للمحامي إيمانويل وأخبرته بأنها تمر بأزمة نفسية وتريد أن تكلمه على انفراد.

تظاهرت بأنها متشائمة من نتيجة المحاكمة وبأنها عانت كثيرا وتريد أن تتخلص من زوجها بأية طريقة ممكنة.

بكيت أمامه إلى أن قرر أن يجلس معها ويتكلم معها لعلها تصبح أفضل حالا.

لقد حصلت على شفقته وتعاطفه فقرر أن يرافقها إلى مكان ما كمقهى أو حتى إلى مكتبه ولكنها طلبت منه أن يركب معها السيارة وقد أرادت أن يجلسا في مكان أكثر عزلة في بيتها مثلا أو بيته.

لم يحبذ إيمانويل الفكرة ولكنه رافقها وركب السيارة وبعد
بضع لحظات حتى شعر بأحد في سيارتها وراءه وقد
أمسكه من الخلف.

لقد كان عشيقها والد السيد كراوس والذي اراد إيمانويل أن يقتله لكي يتخلصا منه.

وبعد أن تمكن من خنقه سألته السيدة سوزانا عن المكان الذي يمكنهما رمي الجثة فيه والتخلص منها ولكنه أخبرها بأنه لا يريد أن يعرف الناس بموت إيمانويل قريبا بل يجب أن يوجها كل اهتمامهما بتأجيل قضيتها.

سألته عن الجثة وقالت:

وماذا نفعل بالجثة

والد السيد كراوس:

ندفنها بالطبع

السيدة سوزانا:

لما لا نرميها في البحيرة ونتخلص منها

والد السيد كراوس:

لا لا يمكننا فعل ذلك، ذلك سوف يثير الشبهات

السيدة سوزانا:

ماذا نفعل إذن؟

والد السيد كراوس:

يجب أن نفكر في مكان جيد للدفن

السيدة سوزانا:

هل ندفنه في بيته؟

والد السيد كراوس:

لا أعتقد بأن هذه فكرة جيدة.

السيدة سوزانا:

لما لا؟

والد السيد كراوس:

ربما يكتشف أحد الجثة أو تنبش مكان دفنه الحيوانات الضالة أو شيء من هذا القبيل فندخل في متاهة من التحقيقات ويكون الأهم هو معرفة سبب قتله أو ربما تتوصل الشرطة إلى أدلة أو ربما إلى طرف خيط يوصلهم إلينا

السيدة سوزانا:

ماذا نفعل إذن؟

والد السيد كراوس:

يجب أن نتصرف بحرص وحكمة

السيدة سوزانا:

هل لديك فكرة عن المكان الذي يصلح لفعل ذلك؟

والد السيد كراوس:

أظن أن لدي فكرة

السيدة سوزانا:

وما هي؟

والد السيد كراوس:

قودي السيارة إلي بيتي وضعيها في المرآب وسوف الحق بك، حاولي أن لا تثيري الشكوك.

السيدة سوزانا:

هل تريدني ان أقود السيارة برفقة جثة، انتظر لا لا يمكنني فعل ذلك.

نزل والد السيد كراوس من السيارة وهو يضحك وقال:

هيا قودي السيارة يجب أن يكون لديك قلب قوي.

رمى بمعطفه على جثة إيمانويل التي وضعها في الكرسي الخلفي وقال لها مضيفا:

لا تخافي، سوف الحق بك بعد قليل.

السيدة سوزانا:

لا تتأخر يا حبيبي.

يبدو أن والد السيد كراوس كان يحتاج بعض الأغراض التي ذهب إلى المحل واشترى كلما يحتاجه ثم عاد سريعا إلى البيت حيث وجد حبيبته السيد سوزانا تنتظره خارجا بعد أن أدخلت السيارة إلى المرآب.

والد السيد كراوس:

ماذا تفعلين في الخارج؟

السيدة سوزانا:

لم استطع أن أبقى بمفردي في البيت مع ....

والد السيد كراوس:

مع ماذا؟ هيا أدخلي سوف تثيرين الشكوك حولنا

السيدة سوزانا:

أدخل أنت أولا؟

والد السيد كراوس:

لا تتصرفي هكذا ماذا سيظن الناس؟ سوف توقعيننا في مشكلة الجيران يلاحظون الحركات الغريبة

السيدة سوزانا:

انا لا أرى أحدا في الشارع

والد السيد كراوس:

هيا ادخلي ولا توقعينا في ورطة

دخل والد السيد كراوس وأغلق الباب بإحكام بعد أن ادخل السيد سوزانا، وطلب منها مساعدته.

السيدة سوزانا:

ما الذي أحضرته معك

والد السيد كراوس:

إنها أغراض نحن في حاجة لها

السيدة سوزانا:

أغراض مثل ماذا؟

والد السيد كراوس:

سوف ترين، هيا ساعديني على حمل الجثة إلى داخل البيت ربما قد يتلصص علينا أحد في المرآب البيت أكثر أمانا من المرآب

السيدة سوزانا:

لا لا أريد أن أتعامل مع جثة

والد السيد كراوس:

كفاك مزاحا يا سوزانا واحملي الجثة من رجليها.

حمل الاثنان جثة إيمانويل وأدخلاها إلى البيت، وبعد ذلك قام والد السيد كراوس بفتح البلاستيك الذي ابتاعه على الأرض ووضعا الجثة عليه وقد أحضر شريطا لاصقا لكي يجعل الجثة داخل البلاستيك ويحكم الإغلاق عليها بالشريط اللاصق.

في تلك الأثناء نزل طفل صغير من الطابق العلوي ونادى وقال:

بابا، ماذا تفعلان؟

كان الطفل ناعسا لأنه قام من النوم، انه كراوس ابن السيد الذي كان نائما وهو ابنه من طليقته وقد نسي بأن الطفل في عهدته لثلاثة أيام.

نسي موضوع الطفل الذي تركه نائما في البيت دون رعاية ولا مراقبة، كان الطفل ابن الستة سنوات نائما في بيت كبير لوحده ولا توجد معه مربية ولا أحدا يعتني به.

خاف الرجل كثيرا وجرى باتجاه ابنه ليحمله ويبعده عن الصالون مسرح الجريمة وأخذه إلى غرفته وقال له:

نحن نلعب لعبة أشباح انأ والعم إيمانويل والعمة سوزانا،

ثم أضاف قائلا:

هل تريد أن تشاهد على التلفاز فيلم أشباح

اليوم مسموح لك بمشاهدة فيلم الكرتون عن الأشباح كأول اليوم ما رأيك ولكن عند عودتك إلى بيت والدتك لا تخبرها بالأمر .... اتفقنا

فرح الطفل بالكرتون وجلس هادئا يتفرج بينما أغلق عليه والده الباب من الخارج بالمفتاح

ونزل يمسح العرق من على جبينه وقد خاف كثيرا ولكنه اعتقد بأنه تدارك الأمر.

السيدة سوزانا:

كيف ل كان تأتي بنا إلى هنا وابنك الصغير في البيت

والد السيد كراوس:

لقد نسيت يا سوزانا ، ولكن لا عليك إنه صغير وسرعان ما سينسى.

السيدة سوزانا:

هل تعتقد ذلك؟ وماذا يحدث إن لم ينسى أو إذا أخبر أحدهم بشيء ما؟

والد السيد كراوس:

كفاك مبالغة يا سوزانا، قلت لك أنه سينسى

السيدة سوزانا:

مبالغة، هل تسمى هذه مبالغة؟ نحن نتعامل مع جثة وجريمة

والد السيد كراوس:

اخفضي صوتك رجاء ولا تحاولي إسماع الطفل ما لا يجب عليه أن يسمعه.

السيدة سوزانا:

حسنا، هل يمكننا التخلص من هذه المشكلة الآن

والد السيد كراوس:

نعم لدي فكرة جيدة

السيدة سوزانا:

وما هي ؟

والد السيد كراوس:

ساعديني لكي نلف الجثة في البلاستيك وسوف أخذها في الليل إلى المبنى الذي أعمل به وأدفنه هناك.

السيدة سوزانا:

هل أنت جاد؟

والد السيد كراوس:

جاد جدا، لا يمكننا أن نرمي بالجثة في أي مكان فتتوصل إليها الشرطة بكل سهولة وتبدأ التحقيقات، أضيف إلى ذلك أن بصماتنا عليها

السيدة سوزانا:

هذه ورطة سوف يجدوننا من بصماتنا.

والد السيد كراوس:

لا تخافي لن يجدوننا ما لم يجدوا الجثة.

السيدة سوزانا:

هل تعتقد بان ذلك المبنى آمن.

والد السيد كراوس:

لا يمكننا أن ندفنه لا في بيته ولا بيتك ولا بيتي كل هذه الأماكن خطيرة وقد ينكشف أمرنا، أفضل مكان هو ذلك المبنى.

السيدة سوزانا:

حسنا يبدو أنك فكرت في الأمر مليا أنا موافقة

والد السيد كراوس:

جهزي نفسك لكي ترافقيني مساء لنكمل المهمة والآن يمكنك الانصراف بعد أن نضع الجثة في سيارتي.

السيدة سوزانا:

حسنا.

في المساء ذهب والد السيد كراوس والسيد سوزانا إلى المبنى وقام السيد كراوس تقريبا بكل العمل لأن العمل كان يحتاج جهدا عضليا ووالد السيد كراوس كان رجلا

إفريقيا قوي البنية يستطيع أن يحمل الجثة لوحده لكن السيدة سوزانا كانت تساعده.

قام الاثنان بدفن الجثة ووضع عليها البلاط وقد كان يعلم بأنه لن يتم نبش المكان.

وهكذا بعد أن أعتبر الناس بان إيمانويل قد اختفى تقدمت السيدة سوزانا بطلب إلى المحكمة لتأجيل محاكمتها وقد نالت بذلك التأجيل ومن ثمة ربحت القضية وانفصلت عن زوجها.

أما بالنسبة لوالد السيد كراوس فقد اشترى ذلك المبنى وبقي على علاقة بسوزانا حتى توفيت ولم يكن يريد أن يرتبط بها لكي لا يقوم أي شخص بربط الخيوط ببعضها فيتم إعادة فتح القضية وتستكمل التحقيقات.

وبعد مرور كل هذه السنوات عاد إيمانويل من جديد لكي يفتح هو القضية رغم اختفاء كل المتورطين ورغم انه

راح ضحية لطمع، راح ضحية لأشخاص لم يكن يشكل تهديدا بالنسبة لهم ولم يكن قد ظلمهم بشيء أو وقف في طريق أي منهم.

ولكنهم اعتبروه عائقا في طريق تحقيقهم لطموحاتهم، وبإزاحته عن الطريق تحققت أحلامهم.

لقد وجد شبح إيمانويل الفتاة ايفانا وقد كانت شخصا حياديا ولكنها كانت تعمل في المكتب الذي في المبنى الذي دفنت فيه جثته.

لقد شعر إيمانويل بأن ايفانا فيها طاقة خير كبيرة وكان بإمكانها مساعدته لكي يظهر حقيقة ما حدث له.

لقد كانت روح إيمانويل معذبة كل هذه السنوات وها هو اليوم يستيقظ من أجل أن ينبش الماضي.

عرف إيمانويل بطريقة أو بأخرى بأن ايفانا قادرة على مساعدته فهي لم تكن ككل الذين سبق وعلموا في نفس المبنى، كانت ايفانا مختلفة عن الجميع.

أكثر ما كان يميز ايفانا هو أنها لم تكن من المدينة وليس لديها أي خلفية عن الموضوع الذي حدث قبل عديد السنوات.

وأيضا أنها لم تكن تربطها علاقة لا من قريب ولا من بعيد بأي شخص بالمدينة ولا ضواحيها.

هكذا علم إيمانويل بأنها عندما تكتشف الحقيقة فإنها لن تتوانى عن كشف الموضوع ووضع النقاط على الحروف.

أراد إيمانويل أن يتم نبش قبره وإخراج جثته ودفنه بالطريقة الصحيحة وان ترتاح روحه بعد أن تكشف كل الحقائق وأن يكتب في الصحف عن سبب اختفائه.

علم إيمانويل بأنه لو علم السيد كراوس بما فعله والده فإنه كان بكل تأكيد أخفى الأمر لكي لا تدمر سمعته وسمعة والده الذي لازال حيا وقد كان في بيت للعجزة يعاني من فقدان الذاكرة الزهايمر.

أصبح إيمانويل يوصل بعض الومضات لايفانا وأيضا كانت تراه في أحلامها.

لقد علمت ايفانا بشكل مؤكد بان إيمانويل قد تم قتله ولكنها
أرادت أن تكتشف كل الحقيقة وان تعرف بالضبط ما
حدث له.

لقد تأقلمت ايفانا مع شبح إيمانويل ولم تعد تخاف منه كثيرا بل أرادت أن تتواصل معه.

جمعت فيونا الكثير من المعلومات وكانت هناك معلومات قد أوصلها لها إيمانويل بطريقته الخاصة.

باتت فيونا متأكدة بأنه لموت أو بالأحرى لاختفاء إيمانويل علاقة بالسيدة سوزانا التي كانت آخر موعد له معها، كما أنها كانت لديها شكوك كثيرة حول علاقة موت إيمانويل بمبنى السيد كراوس وهذا كان حدسها ما أخبرها به

بقيت فيونا سهرانة كل الليل تبحث عن خيوط تكون متشابكة لكي تصل النقاط ببعضها البعض ولكنها أرهقت وتعبت لذا قررت أن تخلد للنوم وتكمل البحث في يوم آخر.

في اليوم الموالي وبعد أن أكملت العمل في المكتب بحثت في كل المدينة عن أي شخص كان قد سمع بما حدث مع إيمانويل ولكنها لم تجد إلا شابا يعمل في مقهى أخبرها بأن جده قد كان يعمل في الشرطة في ذلك الوقت ولكنه الآن في بيت العجزة وربما لا يمكنه تذكر أي شيء.

قررت فيونا أن تزور جد هذا الشاب في بيت العجزة وبالفعل في اليوم الموالي ذهبت إلى هناك

وبينما هي تجلس مع الشيخ العجوز في الحديقة وتتبادل معه أطراف الحديث، كان أحيانا يرجع إلى وعيه ويكلمها جيدا وأحيانا يغيب عنها ويسألها مجددا ويقول:

عفوا من أنت يا آنسة؟

كلمها في اللحظات الصافية عما جرى في تلك الأيام في مقر الشرطة وأخبرها بان محاميا شهيرا قد دفع مبلغا من المال لرئيس الشرطة لكي يغلق ملف القضية سريعا.

وبينما هي تكلمه حتى مرت بجانبهما ممرضة تدفع كرسيا متحركا بشيخ عجوز تجاوز عمره المائة سنة.

سمع ذلك الشيخ اسم إيمانويل ماركس في حوار فيونا والشرطي المتقاعد، وإذا به يصرخ ويقول:

أنا قتلت إيمانويل وسوف أقتلك يا سوزانا لأنك خنتني، سوف أقتلك

هرعت إليه فيونا لكي تسأله وقالت:

ماذا قلت يا سيدي هل تعرف إيمانويل

الرجل العجوز:

أنا قتلته

فيونا:

وأين هو الآن

الرجل العجوز:

لقد دفنته وسوف أقتلك

فيونا:

أين هو؟

الرجل العجوز:

تتظاهرين بالخرف الست أنت من ساعدتني على دفنه؟

فيونا:

نعم لقد نسيت، أين جثته؟

الرجل العجوز:

لقد قلت لك أفضل مكان هو المكتب

ثم حاول القيام من مكانه لكي يطبق على أنفاس فيونا ويحاول قتلها.

عندما لاحظت الممرضة الحالة التي وصل إليها المريض حاولت تهدئته وأخذته على الفور وطلبت من الممرضين المساعدة.

لقد دخل المريض في حالة صدمة فاضطروا إلى محاولة إنعاشه ولكنه فقد الوعي مما جعل الأطباء يضعونه على جهاز الإنعاش.

خافت فيونا مما حدث ولكنها جمعت معلومات كثيرة، سألت أحد الممرضين عن ذلك الشيخ ومن يكون، فأخبرها بأنه يدعى السيد كراوس.

استغربت وعندما سألته عن صلة القرابة بكراوس الذي تعرفه فأخبرها بأنه ابنه الوحيد وكلاهما محامي كما أنه صاحب المبنى الذي يعمل فيه السيد كراوس الآن، وقد كان سابقا مكتبه.

لقد ربطت فيونا الخيوط ببعضها وأصبحت تشك في السيد كراوس الأب والسيدة سوزانا.

هل يعقل أن يكون كلام هذا الشيخ العجوز حقيقيا هل فعلا قام بقتل المحامي الشاب إيمانويل بالتواطؤ مع موكلته السيدة سوزانا.

قررت فيونا أن تبحث في الأمر وأن ترى السر الذي يخفيه السيد كراوس وهل كان يعلم بما فعله والده أم لا؟

قررت البحث في تاريخ السيد كراوس ووالده والبحث عن تاريخ المبنى الذي تعمل فيه وهذه الجزئية الأخيرة كانت

ستفيدها فيها موظفة الاستقبال لدي السيد كراوس والتي كانت تعمل هنالك لما لا يقل عن أربعين عاما.

بحثت فيونا في الأمر واكتشفت كل الحقائق وعندما توصلت إلى الحقيقة وجدت بان السيد كراوس الأب قد مات.

لم تستطع أن تثبت الآمر وليس لديها شهود فالشرطي يعاني من الزهايمر هو الآخر ولن تعترف بكلامه المحكمة.

وهكذا رجعت فيونا إلى نقطة البداية، لذا أرادت أن تبحث عن الجثة.

لم يكن لديها من يساعدها ولم تكن هناك أمامها طريقة للبحث.

لقد كانت تعلم بأن الجثة في المبنى ولكن لا تعلم أين هي بالتحديد.

لم يعد الشبح إيمانويل يظهر لها كثيرا في هذه الأيام وهذا ما جعلها تلجا إلى ذلك الصياد الذي يعيش بالقرب من بيته لكي يساعدها.

وجدت فيونا الرجل الصياد في مكانه مثل المرة السابقة يحضر أطعمة لصيد السمك ويصنع طعما، ويغني.

أخبرته فيونا بأنها عرفت كل الحقيقة وبأنها وجدت الجاني ومكان دفن الجثة.

طلبت منه أن يتواصل مع إيمانويل وأن يطلب منه الحضور، ثم طلبت منه أن يخبرها عن سبب اختفائه من أيام.

أخبرها الصياد بعينيه البيضاء بان هذا هو الشهر الذي اختفى فيه إيمانويل وفي هذا الشهر من كل سنة يضعف الشبح حتى يصل اليوم الذي تمت فيه الجريمة ليختفي الشبح تماما ويظهر بعدها بعد أيام.

فقالت له فيونا:

ولكنني بحاجة إلى التواصل معه، أنا حقا في حاجت لمساعدتك ومساعدته.

الرجل العجوز:

اسمعي لدي نصيحة لك

فيونا:

وما هي؟

الرجل العجوز:

يمكنك الإقامة في بيت إيمانويل وهكذا تتواصلين معه بشكل جيد.

فيونا:

حسنا إذن سوف أحضر أغراضي انتقل للعيش هناك.

الرجل العجوز:

إن إيمانويل سعيد برفقتك وأيضا لأنك ستنتقلين للعيش معه ولكنه ضعيف جدا.

فيونا:

أعدك واعد إيمانويل بأنني سوف أظهر الحقيقة كاملة لكل الناس.

ابتسم لها الرجل العجوز.

غادرت فيونا بعد ذلك وفعلت ما قالته للرجل وجاءت لتجد المفتاح حيث تركه الرجل قبل أيام عندما قال لها بأنه يمكنها استعماله متى ما شاءت.

دخلت فيونا إلى البيت واستقرت به، وهي لا تشعر بشبحها وكأنه ليس موجودا.

وضعت المستندات وراحت تدرس القضية مع كوب من الشاي.

أرادت أن تجد طريقة لإظهار الحقيقة ولكن ليس لديها أدلة مجرد شكوك والمحكمة لا تعترف بهذه الأمور.

كانت متأكدة بان الجثة في المبنى الذي به المكتب.

أرادت أن تبحث عن الجثة بنفسها وهذا ما فعلته اليوم التالي أرادت أن تكتشف كل أجزاء المبنى.

فأخذت بعض الوثائق التي تعتبر قد سرقتها، الوثائق تخص المبنى وتاريخه وقد كانت بغرفة الأرشيف.

لم تجد الكثير وهي تبحث على أرض الواقع كما أن إيمانويل في هذه الفترة لم يكن يقم بمساعدتها كثيرا.

في البيت درست المبنى جيدا ووفقا للصور عرفت كل الأجزاء التي تم بناؤها مجددا وتوصلت إلى الأرضية التي كانت وإلى الأجزاء التي كانت موجودة في ذلك الزمان.

وجدت فيونا بأن المبنى كان معرضا للانهيار قبل سنوات وكان سيتم إغلاق المبنى الذي لم يكن ملائما للعمل وليس موافقا للمواصفات ولكن السيد كراوس بطريقة ما قد تخلص من ذلك.

خطرت ببال فيونا فكرة وصفتها بالجهنمية، لقد كانت تلك القضية التي تخص إغلاق المبنى هي ركيزة تعتمد عليها فيونا في خطتها.

كانت فيونا جيدة في مجال البناء تبعا لعملها السابق وهذا
ما جعلها تذهب إلى عملها اليوم الموالي وان تقوم بفحص
المبنى جيدا.

ولأنه لديها معارف كثيرة في مجال البناء والتصريحات
وبعد أن تمكنت من دراسة المبنى جيدا وتاريخه توصلت
إلى إيجاد الكثير من المخالفات وأرسلتها إلى احد العاملين
في المجال وطلبت منه أن يصدر قرارا بغلق المبنى دون
أن يذكر اسمها.

وبعد مرور ستة أيام تم بالفعل غلق المكتب، والمبنى كله.

وبعد ذلك بيومين عادت إلى المبنى وتحججت للحارس بأنها تحتاج بعض الأوراق والملفات الموجود بالداخل.

دخلت إلى المبنى وبحثت في الطابق السفلي عن المناطق التي تم بناؤها من جديد حتى توصلت إلى أول غرفة تم بناؤها وفق الخريطة التي في يدها.

لم تكن الغرفة بالحجم الذي هي عليه اليوم وكان جزءا منها مختفي.

بحث كثيرا في الجدران وفي كل مكان.

كانت الغرفة مليئة بالأغراض حتى وجدت خزانة وعندما أزاحتها عن الحائط وجدت بابا موصدا وعليه قفل وسلسلة.

حاولت مع القفل ولم تستطع ثم أحضرت قطعة حديد وحاولت مع السلسلة حتى تمكنت من كسرها.

دخلت الغرفة التي كانت رائحتها سيئة، يبدو أن المجاري تمر من هنا وكذلك أنابيب الصرف الصحي وأنابيب المياه.

كانت غرفة قديمة وأرضيتها من تراب ولا شيء فيها إلا أغراض مكسورة ولكن لما كان بابها موصدا؟

تساءلت فيونا في نفسها عن السبب وراء غلق الباب بإحكام ولم تجد مبررا.

بحثت فيونا في الغرفة جيدا.

وفجأة شعرت بقدوم شخص ما فاختبأت.

وهي مختبئة تمكنت من رؤية رجل وسيدة يدخلان وهما يحملان جثة ملفوفة في بلاستيك أبيض.

كان الرجل عصبي وينعت المرأة بالغبية ويطلب منها مساعدته وأن لا تحدث ضجة.

امتلأت فيونا خوفا ورعبا وهي تشاهد ذلك المنظر

لقد كان ظاهرا من شكل الشيء الملفوف بالبلاستيك بأنهما يحملان جثة.

كان هناك مكتب على الأرض عندما التفت فيونا رأت أنه لم يكن هناك قبل قليل.

قام الرجل بدفع المكتب بكل قوته ليتضح وجود حفرة تحت المكتب ثم طلب من تلك السيدة التي ترتعش من الخوف مساعدته لكي يضعا الجثة داخل الحفرة.

شتت السيدة انتباه الرجل بخوفها والرجفة في صوتها ويديها فأمرها بالتنحي جانبا وأن لا تصدر صوتا وأكمل كل العمل لوحدة ووضع التراب على الجثة وملأ الحفرة ثم وضع بعض الاسمنت والبلاط فوقه.

خرج الرجل مع السيدة واختفت فجأة كل تلك الفوضى.

قامت فيونا من مكانها بعد أن هدأت قليلا وعندما مسحت ودموعها وأغمضت عينيها ثم فتحتهما لم تجد ذلك المكتب الذي كان هناك قبل قليل.

لم تستطع أن تميز المكان والأغراض كما كانت قبل قليل، فحاولت أن تبحث عن المكان الذي دفن فيه الشخصان الجثة وكانت الأغراض كثيرة ومرمية على كل ركن وجزء من الغرفة وأنابيب وغيرها.

وفجأة سطع ضوء مشع في الغرفة وعندما تمكنت فيونا من الرؤية رأت شبحها إيمانويل ولأول مرة يكون بحالة جيدة جدا لقد كان واقفا في مكان ابتسم لفيونا ثم أشار إلى المكان الذي تحت رجليه واختفى سريعا.

فهمت فيونا الأمر وعرفت بان ما حدث قبل قليل لم يكن حقيقيا فحسب الصور التي رأتها في الجرائد أثناء بحثها كانت تلك المرأة تشبه السيدة سوزانا وذلك الرجل يشبه الشيخ الذي رأته في بيت العجزة والد السيد كراوس الذي توفي قبل أيام.

لقد استخلصت فيونا بعد رؤية شبح إيمانويل أن الجثة التي دفنها الرجل والمرأة هي جثته وبأن تلك الحادثة هي نفسها حادثة قتل إيمانويل ودفنه في المبنى قبل سبعون سنة.

وبقدرة لم تعرف فيونا كيف حصلت عليها وبقوة خيالية نبشت الأرض وحفرت وحفرت حتى وجدت الجثة.

أصبح لدى فيونا الآن دليل ودليل قاطع لإعادة فتح القضية لأنه أصبح لديها الجثة.

اتصلت فيونا بالشرطة وأخبرتهم بأنها كانت ومنذ عدة أسابيع تتابع هذه القضية وأن الجثة تعود لإيمانويل المحامي الذي اختفى وانه قد تم قتله.

لكنها لم تخبرهم شيئا عن ظهور شبح إيمانويل أو تواصله معها وما إلى ذلك وأخبرتهم بأنه كانت لديها شكوك وبأنها قامت بزيارة الشرطي بدار العجزة الذي لم تكن لتأخذ شهادته نظرا لخرفه، كما أخبرتهم بالكلام الذي قاله لها السيد كراوس الأب قبل وفاته.

لم تكن الأدلة كافية لاتهام السيد كراوس والسيدة سوزانا لذا لم تقم المحكمة بإعادة فتح القضية ولكن تم الإعلان

عن إيجاد جثة إيمانويل وبعد التشريح ثبتت بأنها جثته وتمت إعادة دفنه وفق التقاليد.

ارتاحت روح السيد إيمانويل بعد الدفن وظهر لفيونا بعد الدفن مرة واحدة ولم يظهر بعدها أبدا.

ذهبت فيونا يوم الدفن لتبحث عن صديقه الصياد لكي تقص عليه القصة وتخبره عن موعد الدفن لكي يحضر، ولكنها ولأول مرة لم تجده.

وبعد مرور يومين عادت فيونا إلى بيت الصياد لكي تودعه لأنها كانت تريد أن تسافر وتترك بيت السيد إيمانويل.

وعندما وصلت إلى كوخ الرجل وجدت شابا يافعا مع صديقته جاءا لكي يخيما في الكوخ وعندما سمعت بعض الفوضى مرت إلى الجانب الآخر من الكوخ الجزء المقابل للبحيرة فوجدت الشابين.

عندما سألت الشاب عن الصياد أخبرها بأنه جده.

فيونا:

جدك؟

الشاب:

نعم جدي؟

فيونا:

وأين هو؟ أنا احتاج إلى التحدث معه

الشاب:

هل أنت صديقته؟

فيونا:

لقد أصبحنا شبه صديقين وقد كنت أقيم في بيت السيد إيمانويل ، واليوم انوي السفر لذا أردت أن أودعه قبل سفري.

الشاب:

ومتى رأيت جدي؟

فيونا:

قبل عدة أيام

الشاب:

أنت هي اذن الصديقة المشتركة لإيمانويل وجدي

فيونا:

يمكنك قول ذلك

الشاب:

اسمعيني جيدا يا سيدتي، جدي كان قد توفي قبل عشرون عاما وقد كنت طفلا صغيرا آنذاك ولكنني مازلت أذكر كلماته وكأنه قالها لي قبل قليل.

فيونـا:

هل تعني حقا ما تقوله

الشاب:

اسمعي كلامي جيدا لأن جدي كان قد أوصاني بأن أقول لك هذا الكلام

فيونـا:

لي أنا؟

الشاب:

نعم لقد أمسكني من ذراعي وهو يفارق الحياة وقال لي:

يا بني سوف تلتقي بعد عشرين عاما بصديقة لي وللسيد إيمانويل وسوف تسألك عني فقل لها بان إيمانويل يشكرها ويريدها أن تعيش في بيته هناك وصل في البيت سوف تجده بمساعدة ايمانويل الذي سوف تراه مرة أخيرة ولن تراه بعدها أبدا.

في ذلك الوصل إيمانويل يترك بيته وسيارته لمن يجد الوصل وهي ستجده وتصبح صاحبة البيت والسيارة،

أخبرها أن تعتني بالسيارة وأن لا تقم ببيعها لان إيمانويل
يحب تلك السيارة.

فيونا:

دمعت عينا فيونا ولم تتحمل هذا الكلام

فقال لها الشاب:

وجدي يقول لك بأنه سعيد بالتعرف عليك وأنه سيبقى إلى
جانبك ويساعدك كلما احتجت للمساعدة ما عليك إلا
المجيء إلى البحيرة وإخبارها بكل ما يزعجك.

عادت فيونا إلى بيت إيمانويل الذي أهداه لها وعندما دخلت رأت ضوءا كثيرا في كل البيت فإذا به إيمانويل يجول في البيت وكان يبدو على روحه بأنه سعيد وكأنه يجهز نفسه للخروج أو للمغادرة إلى الأبد.

كان إيمانويل يمشي في بيته وفيونا تتبعه، وبعد أن قام بأمور عديدة منها ترتيب ملابسه ترتيب ملفاته وأغراضه، خبأ كيسا تحت لوحة من خشب بالقرب من المدفأة ونظر إلى فيونا وابتسم ثم أخذ حقيبته وخرج من باب البيت التفت لفيونا لمرة أخيرة وخرج واقفل الباب وراءه.

لحقت به فيونا وحاولت فتح الباب ولكن الباب لم يفتح، وبعد ذلك اختفى كل الضوء الذي كان مصاحبا لشبح إيمانويل وفتح الباب ببساطة فلم تجد أحدا هناك التفتت هنا وهناك ولم تجد أحدا.

عادت أدراجها ودخلت وأقفلت الباب ثم ذهبت إلى المكان الذي رأت إيمانويل يخبئ فيه وثيقة وفتحته أخرجت الوثيقة التي كان وضعها هناك قبل قليل

أخرجت الكيس وأخرجت الوثيقة منه، فقد كان يحميها، وجدت فيونا الوثيقة، وثيقة تنازل عن بيته وسيارته لمن يحمل الوثيقة مثلما أخبرها حفيد الصياد تماما.

وهكذا قررت فيونا أن تقطن ببيت إيمانويل الذي أهداه لها إيمانويل بعد أن تحررت روحه وعبر إلى مكان آخر بعد أن ارتاح جسده في مكان يليق به وحصل على شاهد باسمه.

قامت فيونا بتنظيف البيت وتنظيف السيارة وأخذتها من أجل الصيانة وأصبحت تستعملها لقد كانت تشعر بالسعادة.

كلما ركبت السيارة لكنها كانت تظن بان إيمانويل سيشعر بالسعادة لأنه كان يحب تلك السيارة، ولم تتخلص من صوره بل تركت البيت تقريبا كما تركه إيمانويل مع إضافة أمور تخصها هي.

لقد كانت فيونا سعيدة بما حدث معها وكانت تعتبر إيمانويل شبحا أخبرها بقصته، وسعيدة لأنها تمكنت من مساعدته.

لم تر فيونا بعد ذلك أشباحا ولا أرواحا ما عدا تلك الحادثة التي حصلت معها عندما رأت إيمانويل وروح الصيد وأكملت حياة كشخص عادي.